周慶華 著

重組東海岸

序

寓居臺東超過二十年，寫詩近兩千首，當中跟後山有關的就佔了四分之一，但都分散在《七行詩》、《未來世界》、《我沒有話要說——給成人看的童詩》、《又有詩》、《剪出一段旅程》、《新福爾摩沙組詩》、《銀色小調》、《飛越抒情帶》、《游牧路線——東海岸愛戀赤字的旅行》、《意象跟你去遨遊》和《流動偵測站——列車上的吟詩旅人》等詩集內。看著它們不能集中發聲以見情繫概貌，總覺得有點遺憾，於是興起了這一次擇要重組的念頭。

我寫東海岸，多有別他的地方。他人寫東海岸都嫌調式單一，我乃姿采紛繁莫可究詰；他人或者意到筆隨，我則無心疏離，總是在事後自我驚詫不已！這種情況，我也難以說的清楚，只感覺時間到了它們就要從我的筆端流露出去，像一隻不繫舟在水面風中漂盪。如果有人問我「所寫何故」，我也僅能答以「確是有故，但已難可追尋」，畢竟在東海岸一切都那麼自然，詩寫它只不過有無法抵拒的美感存在而已。

細數自己寫詩歷程，約略經過了三個階段：第一是「因為動感，所以有詩」，如〈地球村〉「紅毛白毛黑毛／的猩猩／聚集／／相互觀望／不說話」；第二是「因為野蠻，所以有詩」，如〈褻瀆〉「蒙娜麗莎的眼皮下點痣／大衛那話兒微微昂揚／瑪麗蓮夢露的嘴脣聞到一根香腸」；第三是「因為至美，所以有詩」如〈新消息〉「書要去旅行／櫃子說帶我一起走」。前一階段有不能已於內心對世界的關懷，中間階段乃卯上了馳騁想像力的快悅，後一階段則回歸天地有大美的追尋。而書寫東海岸，正好歷經這三個階段，在我來說心思感興跌宕了許久。

晚近有多本應時書出版，如唐斯（Larry Downes）《大爆炸式創新：在更好、更便宜的世界中成功競爭》、施奈爾（Bruce Schneier）《隱形帝國：誰控制大數據，誰就控制你的世界》和特克（Sherry Turkle）《在一起孤獨：科技拉近了彼此距離，卻讓我們害怕親密交流？》等，一起徵候著這個世界依然要在危疑震盪和矛盾叢生中渡過。我除了繼續阻絕科技在我身上纏擾（但無法避免甚多個資被好事者誌入網路流傳），只能據地東海岸用詩心發聲，或許平靜自我過後世界也會跟著安寧一些。

基於這個理由，重組我書寫東海岸的詩篇，就有了移易見奇和惕勵將來等兩層意義。我知道東海岸不會因為少去我的存在而減損什麼，但論及增衍卻會因為我也對它付出了詩情而總有另樣容顏被瞧見的一天。如今緊為部勒一場美感饗宴的心願已了，東海岸也許會從新再延異一次姿采，那是我衷心的盼望。

周慶華

目次

卷一

東臺一雁聲

臺東的濕人

鼓勵自我窺見亙古野居的律則
發聲前
就厭倦了嘈雜

寫山寫水寫街道的冷清
然後遁逃變成一個噴霧的傳說

碑碣的歷史很短暫
詩了就會開出寂寞的步道
在悠閒的午後租給濤聲

迴盪

從新召喚一條回家的路

很辛苦
那裏來就往那裏去
不用裝備
這裏的冬天都會孵著生熱過境

相遇東海岸

運行東南
行東南
東南
被綠島撿去了便宜
剩下的給蘭嶼
她
不
能
一
起
逛
完
觀

音
洞
先走了

遺憾寫在開滿百合的崖壁
藍色的珊瑚
藏著前世灰濛的夢
回望這岸
心像波濤在空降
我沒有
沒有
有

愛

悸 震←——動 心←——悅 歡←——好 喜←——愛

指 意←——符 意

指 意←——符 意

指 意←——符 意

指 意←——符 意

符 意

←驚　怖　恐　懼 - - - - - - 解構不了愛的
都留到臺東玩一場語言遊戲

←意　指
⇠意　符 - - - - - -

追蹤意符
就像捕捉情人飄忽的眼神
有點吃緊

鯉魚山下

遙望
隱沒在叢林裏的
另一半沒有爬完的背脊

月亮笑了

十二年的等待
得到兩片相印的思念
故事在這邊
醱酵

我虧欠的
風知道

用無聲寫歷史

南風鼓盪著海水
強迫它記起舢舨曾經有過的冒險
六個族群揮了揮手
故事都爭先回到生長的地方安睡

考古人來挖到骸骨後就走了
墓葬群裏的舞踊自己跑去尋找典藏
永遠不再參與集結

那邊有一個遺址
這邊新加入一撮移民
統統繳清了政治的激情
舞臺不會纏綿

詩到中秋

冷冽的艷陽
包不住一個跳動的冬天
隨著東北季風南來
有澹澹的濕意

春花開了
候鳥帶著惆悵離開
留給水鄉兩株青杉的傳奇
有煥煥的香郁

蒸騰一夏的蟬噪
從樹梢到山林
響著孤絕凌空的歷史
有炎炎的冰隙

雷鳴推進到秋
細薄的情開始枯黃
中間一段月
有瑟瑟的風味

漂流木

見證一場風災
從海裏滾上岸後
就完成了儀式

當日移山倒下
土石和著拔地一個一個的身軀
在河底傾洩
瞬間就跟汪洋合流

遠離林藪的心情
已經無法長數
藍天看著我們漂盪
不知道要從那裏施捨憐憫
直到被浪潮推擠過來

放眼看去
一條海岸線
突然失去了模樣
別怪我們強行佔據
這是新的家

西邊滅村的元兇早就逃離了
我們還在詢問
命運牽著什麼要經過海域
回頭都成了屍首

在烈陽下嵯峨如山
一天過了又一天
等到半個背山靠海的夢

一隻蟬的死亡

蟬聲佔滿樹的午後
鳳凰花火紅的映照著校園角落的岑寂
一隻拇指大的蟬從藍天輕輕地跌落
在陽臺橫躺成一個別世的儀式

牠的同伴還在賣力的嘶唧
這燥人的夏末
忘了哀悼
上空沒有雲彩飛過

撿起牠如夢的仰姿
長喙已經收斂埋進胸前
成對的腳整齊交叉好像還想奮力一躍
兩片薄翼透明著我無言的心情

從牠灰黑的身上瞧見了尊嚴
一對不再靈動的眼睛
茫然的望向牠活過的國度
把沉默留下來
我能許以一絲的憐憫
卻無法翻閱牠長鳴的歷史

從新將牠安置在牆上
幾隻螞蟻快速的爬過來
在牠的軀體尋找飢餓的出口
直到我離去
都渴望牠夢醒再度展翅站上枝頭

隨後颱風來了　白天
宿舍旁另外一群爭先恐後的蟬

斷斷續續的在強噪狂雨
益發讓我想念牠高雅靜聲的低吟

兩隻烏鷲站在牛背上

緩緩的一個姿勢
低頭吃草就怕你們飛走
灰白的背脊可以站成兩條稜線
延伸到海

你們看到的綠島或蘭嶼
一樣蒼鬱的容顏浮出夐遠的記憶
還要不要遙想
左邊都蘭山上已經有雲霧輕繞

風從傍晚的腋下吹來
喃喃的餘絮伴著青草的香味
給你們沈夢
記得別像流星那般的滑落

泥燕遷到他鄉去了
白鷺鷥偶爾會來觀光
只剩下你們兩個佇立成一段風景
悠悠的穿過河床

前方波濤涮著沙礫的聲音
一陣嗚咽一陣喧騰
我用凝視換到你們繼續停留
仰首有我們新煲的天空

颱風過後

雲靜止了
風還在奔跑
捲著熱浪四處散放

海水滾燙的從東南斜來
綠島隱在迷霧中
弄潮的人瞇著眼望穿那一片汪洋
期待都給鷗鳥叼銜離去

步道上幾縷飄蓬
旋起花式快板
從腳下掃過長長的夢境
無嘩中有淡白的鹹味

我牽著單車背向人群
蕪雜的心情對天
敞開一黃昏的落寞

蛇夢

冬末小陰天
一條蛇爬上宿舍二樓來觀光
在平滑的地板蠕動遇到我
承牠禮讓我先逃竄
從此夢中都是蛇

像電影裏的巨蟒
一邊覷我一邊自個兒划龍舟走了
還纏在樹上的沒空做夢
鼓著小腹吸星星
戰慄掉了滿地

帶眼鏡的突然昂首
阻擋我的去路

前後左右還有不帶眼鏡的盤踞
溜走一條又來一條
我困在蛇的世界直到醒來

跨過田埂
要數踩不到蛇的節拍
漆黑中還有整窩
黏黏的空氣
正在販賣牠們的吐納

以前懷疑
蛇飛不上天當龍
才在夢裏夢外找人威嚇
現在又知道
威嚇完了的蛇要給一首詩補償

獨享一輪明月

傍晚帶著涼風去散心
走過海邊一條熟悉的步道
濤聲已經停掉了冬天的嘶吼
返鄉的遊客也不再喧嘩東海岸的邀約
寂靜中我擡頭遇到一皇圓圓的月

夜幕緩緩地從對面的山頭爬下來
包裹住一片墨藍的氤氳　頃刻
長空飄綴著的雲絲聚漫到了月的上方
光暈忽然彈調渲染成彩色的曼荼羅
一圈銀白推著一圈清紅
外圍還有碧綠和橘黃

繼續往前走

隱遁的足跡都纖纖的尋找故事去了
月越發光亮的照喜滿地
曼荼羅瞬間轉成純白浮浮的
再踅過一段路
回望又斂出一小圈一小圈著色的新暈

岬角的盡頭有歌喉傳出纏纏的
敢情不是要讚美　再過去
黑黑的深處藏了海天無聲的共鳴
它們合力捧出一輪明月
徐徐的
還沒有驚見喝采

憐惜不能戲耍
月會變成暖暖的
風來雲散去星星露臉寒寒的

光輝灑在身上有點冷
今天是元宵節前夕

夜歸路上

兩隻失眠的蟬
把叫聲留在濕重的樹梢
路燈想給牠們壯膽
讓醒著穿過成排的小葉欖仁

我一名午夜歸去的單車客
從涼風中遇見牠們今年夏末超常的演出
喝采才在醞釀
宏亮的聲響就嘎然止住了
擡頭一望隱約有疑惑的眼神

單車繼續騎著我的睡意向前行
牠們凍結的寧靜突然鬆開了
回望天空有星星來偷看

想起我剛過了一個牠們來不及參與的父親節

那兩棵苦楝樹

春風幾經偷渡
紫色的夢又在細碎的燃燒
爬上枝椏的綠意探向空中找尋祕密
回眸樹巔有垂天的雲

那年懷詩的女孩來了
她眼裏洋溢的文采
跟皇皇的花期四度相遇
詩篇疊出滿握的青春

每次花盛開到得意的時刻
門縫都會驚奇夾著一束她摘來的甜心
提醒陳年的叮囑已經補寄了
攬勝就留給我自己書寫

今年她返鄉深造
跌進車禍扎腦失魂的黑暗裏
託去慰問的紅包她還了兩滴眼淚
飄浮的生命在跟死神拔河

兩棵苦苦戀著的繁花相望
風華蕭蕭的填滿校園的一角
仰天是淡淡的雲
陪我掛念那抹還想留住的身影

詩在顫動

裝一袋海潮聲回家播種
幫歇息的檸檬汁發芽
誰的夢還在槳上輕盈的划船

一隻老鼠背著驚慌跑出來
我記得你的臉

遠方有綠島的燈塔閃爍
環抱黑暗後光束要穿梭灰濛

他們倆人遢過鞦韆玩拼貼
眼前浮起唐伯虎虛擬的春宮畫
甜了記憶

涼透的夜
配幾道新鮮的笑語
愛情海剛出借的藍色
溫度都在變黃中

＊2010・3・17夜寫於與雅音、宏傑、依錚、柏甫、尚祐、詩惠、君豪、瑞昌歡聚「藍色愛情海」後。

在酒的國度

——記中秋前夕一場烤肉

東海岸的夜空
有微醉的雲
星星早已藏匿去了
地上架起三爐熊熊的火
迷濛的霧正要穿過

肉品魚貝時蔬齊全我們的歡聚
忙碌的斟酒人在撿拾歷史的遺緒
它漂流了一個又一個世代
驚異從勸飲聲中悄悄的升轉
酒國裏的靈魂倏地再度的相逢
酵母酒精製料蒸餾創造過的世界

像一汪可以攜帶的海洋
沈湎後自我陶然搖晃
客居只輕許一夜的激動
我們的心在零距離裏徜徉

最後酒興給遊戲添加了濃度
話題是一首詩的代價
仰望還在孵育的圓月從雲中透光
嘉會已經代它補滿新奇
天空暈了我們沒有

問天

——參觀東海岸漂流木國際藝術創作展途中

還在山上時頂著天
它們都有一身飄逸的蒼翠
一場風雨掃過
脫光了它們的衣裳
滾進河裏漂出大海沉睡在沙灘
詩人藝術家相偕去呼喚
靈呵你要再度挺起
我們會給你和來時一樣長的新生命

如今部分登上了岸
伴著海風裝飾成一座藝術城
或立或臥或斜睨向天
刻痕中有深深的輪廓在問

幾時這副怪模樣可以舞一段長空

有些傷殘的
被豎立在草地希冀它們重活一次
拗折的把你釘成圓球
陪伴那個懸吊著的臺灣
阿里郎也來湊一腳
喜歡守護半座白橋到終老
綠島浮出氤氳
入夜燈塔閃爍忘了祈禱

那天嘆息還留在海邊
從一記浩劫裏看到未來的舍利
現在它們的命運遭到稀薄逐漸在蒸發
輸掉了衝撞的記憶
再也回不去午夜夢迴的家

卷二

心躑躅在東海岸

客來

一陣風飄東盪西
旋進慵懶的島
裏面有雞腿和排骨
還有一道遲遲沒出場的德國豬腳
當它吹熟了曉夢和午後對望的心情
我們帶著一顆鑲金的乒乓球
彈跳古今沉睡的靈魂
徐渭不必再自殺了
屈原也可以放心的去終結問天
泰雅族的射日神話已經上場
網路裏的文學美女正在發明最新的量詞
項羽和劉邦都不是繆思的對手
明天戴震準備撰寫文學電影的論文
最後一篇教材就留給有慧眼的人去傷心

我們還要回家尋找彩虹
咀嚼今天忘了放進去的一條湛藍的海岸

給風一片天空

自從行人撥開暮靄走遠了
兩隻狗就衝進來霸佔一條路
牠們把膽子擠到臉上
碩大的那隻吠著我的單車
瘦小的那隻咬住我零星亂竄的美感

砂岩路面有鞋印在兌換海空洞的回聲
我還得繼續往前走
時間負載生命總是有點沈重
只剩下風清癯的呼嘯著

也許它需要一片天空
右邊是水彩
左邊是潑出去的墨

中間像一幅油畫
沙沙的樹可以作見證
這是我上輩子連著這輩子最大的奇想

天邊十朵雲

海天的接觸有宿醉的變化
十朵雲撐著厚厚的銀幕
讚嘆都給了忘記切換的時間

第一朵雲赭紅鑲金
第二朵雲也是赭紅鑲金
第三朵雲第四朵雲還是赭紅鑲金

兩隻狗在草地上追逐
黑白相間的那隻停下來無端的空望
棕色的那隻繼續清涼的奔跑

第五朵雲開始泛黃
第六朵雲也開始泛黃

第七朵雲第八朵雲接著開始泛黃
格局沒有加料
浪濤聲卻兀自激動了起來
遠方一艘偷偷放出燈光的漁船
帶走了沒入沈沈夢鄉的第九朵雲第十朵雲

一片落葉掉在琵琶湖上

風輕輕地搧著
雲和樹的倒影從夢裏波動起來
一片落葉掉在湖上
清脆的一聲響
盪出半艘金黃色的船

藏在湖底的寶藍色的沈記
有上空灰濛濛的惦念
一片落葉掉在湖上
彷彿飄過了汪洋要靠岸
滿滿的蟬聲正在阻止它漫天喊價

叢林握不住橫臥的琵琶
才剛鬆手大珠小珠就隱隱然一起彈跳

一片落葉掉在湖上
忍著聽完遠處最親近的潮聲
黑夜已經急著要接收這一首只寫了一半的詩

＊騎車行經琵琶湖，小憩，正逢一片枯葉掉落湖面，有感而作。

兩隻鼠

起風的黃昏
天空有點瘖啞
牠們不知道驚恐的蹦跳著
一隻黑色的在屋頂
一隻灰色的在地上

黑色的那隻
蓬鬆的尾巴長過身軀
從屋脊輕掠出一道波浪
然後消失在椰子樹葉覆蓋的故事裏

踅過屋後遇到
灰色的那隻
剛爬出對面的水溝

又要邁向另一條水溝
肥胖的靈魂支撐不了纖細創傷的尾巴
顛著顛著鑽進已經寫好的劇本
在一片陰影中結束情節

我孵著一天僅剩的閒適
還要到海邊釋放
卻被兩隻鼠攔截奪去
灰色的那隻在地上
黑色的那隻在屋頂

天空很潑墨

可以再多點麼
就這些些了

色彩逃離後
換來的是一副懶怠梳洗的容貌
東幾筆淡掃西滿版氤氳
中間有一群灰鴿飄過

作畫的人走在砂岩開闢的路上
不知道怎樣喚出青天
海斂聲了
一架模型機達達達的佔領他的感覺
遠方卡拉ＯＫ伴唱帶放送的歌聲

一直穿越海堤上稀薄的白霧
沈沈的撥不動它低嗄渾厚的重壓
兩隻青蛙單調的對嘓起來

不能再多一點呵
這是東海岸初夏細雨涮過的黃昏

黃昏一景

一隻鷗鳥淡淡的飛過
背後拖出綠島灰濛的帆影
滿溢的寒波忘了滾動

天邊的雲正在悶燒
白煙濃密的圍堵包裹一片火舌
最後還是讓它偷溜出去
變成上空一尖金黃的驚呼

牽著單車的騎士
又撿到了一首新詩
裏面有文字和圖畫赧然的邂逅

寶桑亭外的浪

捲起千堆雪花
是在一個定點的引爆後
從左翻滾到右然後橫空而去
再來千萬次
不需要觀眾捧場的表演
沙灘上的格礫回聲會知道
今晚的潮汐少了南風的煽情
天邊泛黃的月光就要撥不開烏雲的重量
空濛轟然的串連裂動中
有單車經過
上面的騎士在低喁
一首詩的命運

一條灰濛濛的路

海浪分段在咆哮
獨踞著沙丘的男子
眼神裏有驚剩的痕跡

狗兒不再跟著主人出巡
一條路疊出陰慘昏蒙的霧

那個八十歲還在慢跑的老人
影子從風中穿過
聚斂了所有忘記吐納的沈寂

水銀燈慢點兒亮
護欄上一對小情侶
乾坐著等不及過完這無聲的約會

閒閒的望去
枯黃的草地綿亙著歷史的盡頭
沒有人想要知道

緣起幾時會找回緣滅
我的腳步剛剛踩過太平溪的出海口
那裏駐著一群水牛和白鷺鷥
還有滿天飛舞的泥燕

25加1缺2

天空藍得快要溢出水來的東海岸的早晨
她們集體呼喊跟我討一首詩
代價是室內的陽光或一個永遠等不到的飛吻
言語的流洩像馬車在不知名的驛站間奔馳
浪蕩許久的風只能呆立窗外守著一棵菩提樹遲到的騷動
我環視眼前亮彩皴過的容顏開始學會了歡笑
終於讓出沒有劇本的戲碼去結局它的遐想
然後四周響起被震懾過的真情對真情的貪婪
那一刻炎夏的高溫緊緊包裹著我的心忘記釋放
二十五位佳麗和一名護花使者結算消費
缺席率有人他遞補抵三
這還是天空藍得快要溢出水來的東海岸的早晨

瀕臨絕種動物的告白

只寫了那麼丁點粗澀的準情詩
就換來佳麗們一本書的迴響
算算我還有虧欠

上我的課腦筋會錯亂
芒果冰正好可以給你消暑醒目
看影片就是搏鬥另類思考的最好方式

小華被許多金龜子包圍
靦腆的大男孩可愛卻不能吃
蝴蝶花兒和小精靈會嫉妒

瞧一眼結繭的手指就知道我的祕密
太厲害了以後跟你講話要小心

抬槓抬出了澎湖的雙淇淋
點滴甜在心頭有機會再對你說

那群看不見的好朋友也是讀不懂周公的書
所以每次都要來旁聽
鋼琴師如果不悲壯我們就會很沉重

什麼話題嘛是一顆震撼彈
也轟到了我敏感但不脆弱的神經

你的步履很穩健
祂們都可以替我作見證
那時候再聽你唱有糖味的紅豆詞

來臺東的唯一娛樂應該是看到半百的白髮男子
從詩集的封面跳進跳出

孫協志是何許人也
靈界的朋友轉了十幾臺還沒有找到他

標號22是空白
敢情那是要讀者自己去填寫

湘江不在屏東很可惜
有個心儀的人兒隔海為我唱過好聽的歌
畫面上多采的造型像你也像她

佩服佩服才拿了人家一本詩集
就悟出他會貢獻更多更多

粉感動本身也讓人很感動
死去的腦細胞一定會再複製更新

果然是婦唱夫隨好佳耦
一人聽課兩人備戰
連不必道歉的缺席都要道歉

翻過來是我的25加1缺2那首詩
我沒有什麼好評論的

你納悶幹字怎麼會從那裏冒出來
說穿就不神祕了
功夫啊

很抱歉我的課讓你頭昏腦脹
我也不是故意的呀
你送的牽牛花可以當一帖最美的緩衝劑

旁邊有個叫14號的朋友未到
我也得想很久才能記起她

你在那個人的私處貼非禮勿視外加許多星星
一定是警告閒雜人等不要靠近
師公作法金字塔的木乃伊復活天下太平

土地澎湃奇葩下海
臺東的炎夏很羅曼蒂克
一聲感謝有千萬斤的重量

小種子冒出嫩綠的芽
很佛洛斯特
靜靜的別翻動土裏的生命要文身

明明白髮是適合配眼鏡的

偏偏酒窩不能加值兌換半塊玉
夫子生自己的氣還得賠你一個萬花筒

線性思考跟網絡思考競勝
輸了買鳳梨來煎熬鐵定會金榜題名

不是阿貓阿狗還要爭什麼呢
蘭嶼已經給你畫去了綠島也是
意思意思就好

遙想以前不如忘掉現在
你就自由了

向我致意的方式很精髓
一張照片五樣笑容
還可以聯想到春去春又來和海上鋼琴師

這樣應當還夠了吧我猜
從今天起瀕臨絕種動物的版權普悠瑪所有
歡迎大家翻印不會追究

＊語教所暑期班第一屆二十五位朋友加一名護花使者送我一本他們自製的書，由意爭編輯並把我歸在封面瀕臨絕種動物圖案的行列，很有觸感而寫了這首長詩來一一回應他們的盛情。

口試現場

天氣這麼好
他們卻在這裏絮聒不休
文學的沉默敵不過語言的躁動
逃離到窗外獨享一樹的蟬聲

他們仍然在絮聒不休
一隻蚊子飛來抗議紙上滿頁的空白
最後被狂亂的鐘聲嚇走
慘死在鄰座高速的巴掌裏

他們終於要闔上嘴巴了
時間可以從新召喚文學
我們還得哀悼一隻死去的蚊子

那一隻壁虎

牠在偷窺
高高的牆面被顫動
緊縮成一張沉默的嘴
突來的聲音仍然夾著嘎嘎的威嚇
俯衝我的耳膜
室內剩下牠和燈光在對峙

風扇中有融化的暑氣
一波一波的斜睨牠的仰式泳姿
我半裸著逡巡已經鋸裂的夜
從無言的黑洞眺望
星星帶走了圓月的夢
牠拿起獨孤的眼拒絕晚到的投訴

這樣的情節還要多久下片
牠對準空曠的白堊又是一記尖響
不玩遊戲了
黏膩的感覺剛剛宣布失效
我會在床上等著
繼續跟天花板裏的強敵巷戰

解讀史前文化博物館

祖靈隔著卑南山在召喚
墓葬群裏的遺骸決定再來一次舞踊
給遠去的考古人遲到的禮敬

沒有東西從這裏出土
瞭望臺會見證

門前一截長竿穿透晷儀正要撐起整座地球
卻被水舞重重的包圍失去了雄姿

史前的傳奇追不上檀島的神話
紛紛飄落在方格的水泥房裏
從此蒼白的容顏不必再有歲月的鑄刻

織染和著刺繡開始歌頌百步蛇裏的人頭紋樣
不是貴族的都到黑布底下學著拼縫

我們誕生的島嶼故事很混沌
板塊懂得擠壓山脈噴出一列火花
隱沒了冰期的主題

遇見所有的動物都從海裏跳上來
新世代早已不是你想像的今天這個模樣
按下燈鈕就可以返回遠古荒蕪的年代

序幕中透露出手工業跟金錢無關
採捕集漁狩農獵業都得調換位置才知道
那是大坌坑人的生計

他們還在新石器時期製作陶缽而忘了呼吸

留下光著身子的男孩手持甜點在誘惑一隻痴肥的小狗

遠處有漁夫迷惘的眼神
看向乾涸的海洋
遊客還要猜測那裏面藏著分期的希望

潮汐星象季風太慢不能航行
遺址內可能漏掉了這一條規定

且看石板屋集結石板棺
仍然有人喜歡坐進甕裏蛻化

祭祀綿亙在東海岸的歌聲中
巨石壓著夢魘偷渡
鐵器的象徵讓臺灣復活了

男人出嫁女子取夫雙雙出門
那邊一群學者在分派人際關係
得趕快註冊登記從你祖先以來的社會屬性

賽布卑阿魯排鄒雅泰平統統到齊了
待會大夥要努力幹活
凝聚原漢意識後就准許你們升級

最後一幕是豬和猴子的骷髏上架　然後
穿著光鮮的人都踱去會議廳膜拜麥克風
室外列隊等候表演歌舞的孩童目光失焦的
守著旁邊那塊特大熱情布幔的呼喊

研究所授課有感

進來撞見
你們的歡笑聲
新鮮得可以治療這個世界的傷痛

我的悲觀藏不住口袋
掉落在五指間掙扎
風一吹就散了

痛苦開始尋找它的自由
教室得到快樂

新四季紅

沒有颱風的颱風夜
東海岸在幾響拉炮的撫慰中飛翔了
室內情感的溫度像一瓶濃烈的酒
飲後醒覺有十分的陶然
從此文字的跳躍會多出幾許的曼妙

現在糕點和飲品都享用了
你們的盛情帶來一籮筐的甜意
密密的滴實我出缺的記憶
在那過往潛越的年代裏
曾經歡忭的相逢

回神收到的祝福我看見
滿溢的明璧上的光華

文靜的要爭睹佩在襟帶的一顆珠
潤澤留給從江邊來的芳菲
天堂家族正在創造歷史

海雨天風還在子夜的空中佯狂
綠島小夜曲能否補救秋蟬忘了計算
我的武功祕笈按時吃進維他命
會沉沉的許願你們背起不可能的任務
春風得意歸來領取一杯香醇的咖啡

戲說東海岸

——贈炳杉、鳳理伉儷

洄瀾港

後山的拓荒
歷史忘了自我告白
它是從一尾魚窺探到黑潮的祕密開始的
那時舢舨捕獲幾許明天活跳的希望
然後更換大漁船連遠洋的半年禧一起征服
花蓮輪載來新奇的遊客又停駛
讓給北迴鐵路終於拚贏了蘇花省道頻繁的歷險
如今一條藍色公路又要在呼喚中風光的啟航
我那年輕的心就躑躅在港口的先祖急了
他的故事全部被梭哈

海洋公園

叫它一聲遠雄很昂貴
五十多公頃土地都在貼山瞰海
海底王國躲進谷裏你只能偷偷的瘋狂
有懼高症的人記得去嘉年華歡樂街登擎天巨輪
也許看完異國風情的表演後你會更懂得駭怕
探險島海洋劇場由海獅海豚分踞給驚喜
但特技要多了牠們也想發脾氣
去水晶城堡看魔幻歌舞再到海盜灣衝擊水道
我的描述好像一篇免費廣告
其實我也只是路過消磨一下入口而已
誰說旅遊要到實地才算數
范仲淹寫岳陽樓記不就心到腳沒到

秀姑巒溪口

從鹽寮過來
穿著白皮膚的衝浪客會跟你相遇
他們流連這裏
只因為東北季風搧起的尖浪有新的天堂
水璉牛山蕃薯寮芭崎都足夠你俗俗又懶懶的眺望
大海撞擊山的迴音很空濛
過了磯崎豐濱和石門你會看到石梯坪鴿灰突刺的岩岸
深藏一抔愛在沙漠風情內保溫
那裏的主人又開了分店
一律不准顏色偷跑
終點大港口只是日本工程師的失戀地
他的舊愛長虹橋已經輸給了旁邊過路客的新歡
我來時都錯過了泛舟的季節

無奈看著奚卜蘭島的英姿被溪水混濁的醃製
還怪夜鷺怎麼不喚水出海

成功你們的家

北迴歸線標跑了花東界碑後
特許你多望一眼樟原長老教會的那艘方舟
洪水沒來它要拯救的部落已然有了起色
八仙洞的海潮聲很顫情
佇候幾時神仙都想變回凡人
在烏石鼻看船筏石雨傘遮陽可以渡過一個空響的午後
直到三仙臺跨過拱橋撿拾仙人的腳印
終於意識你們的家在背後隱隱依偎著山阿
柴魚寶石海鮮肚臍柑敦厚的人情造就了成功的名
你們炳熙鳳邑又杉塑理居跟它一道呼吸
門前菜圃果園花樹扮飾著季節的流動

天光剛剛好灑在你們冰清巧作的心思上
風沒有忘記輕唱總能溫慰南來北往的遊子
當一個最新的驛站有夢相伴

金樽

穿過東河包子的熱度
鼻子會來到溢著咖啡香的地方
不知道誰能端起這特大號的金色酒盃
它正在滿盛東海水
閒時一併餵哺一個還想發育逃跑的陸連島
濤聲從腳下滾刷上來
波斯菊黃艷的迎風招展
你捕捉到了一絲海的迷思又放掉
恰好側邊的木棧道隱蔽迂迴
保住了你的窺秘我陳年的往事

那時一條夜河從海底湧升直逼到眼前
只遺憾沒能把圓月帶回家好生寶愛
至今還在看它飄浮

臺東蝸居

來月光小棧緬懷電影女主角中年放蕩
她的世界只有遠方的綠島和庭院的花草
那一夜的激情演出可以媲美都蘭的水往上流
傍晚杉原的海灘無端的多出了一排併連華屋的倒影
抗議的聲浪漫過伽路蘭小野柳再從富岡漁港出海
我守著黑森林旁一間小公寓
志航基地的軍機天天威嚇劫掠它的寧靜
必須用寫詩的心情跟對方纏鬥
贏了微笑輸了到成功找老朋友喝酒

杜家的有機果菜

吸食過多天空灰了
大地還有綠意雲會祈禱它年輕
趕來海霧山嵐兼程滋潤
隨後杜家到會給它注入蓊蒽

一方小小菜圃教你欽點
滿溢的生氣從泥土裏呼喚出來
漫著腳脛的別叫鞋印抵償
那兒有最嫩的希望在偵探寂靜的寬度

棚架歸百香果管轄牢牢的
它答應要上下跑遍讓蛺蝶垂涎才停止
你如喊錯名字就會有風來請求題簽
其他品種早已在等待一道數步

記住透露誰先來後到的祕密雨不可能允許

主人堅信繁茂的品質
種一支青翠必須紅藍黃紫陪襯
鵝菜芹菜香菜一區區裸佔後
細布紅菜甜菜油菜玉米它們相約集體高潮
蔥偷閒開花激起蘿蔔山茼蒿衝出陣地
都給青椒番茄李子金桔撿去了便宜
它們猛吐果實得到訪客的驚奇

旁邊另有大過球場的果園剛許了願
一隴一列幼苗要競賽三年後的排行榜
不搶農藥不賭化肥做夢果子都想快快飛來報到
芭樂酪梨香蕉橘子紅肉李依序上場

嫌城市太老主人看中東海岸適合客居
夫婦聯袂購屋買地渡假當農夫快樂似神仙
我沾光隨時被他們修補健康獲得滿學分

卷三

品嚐花東縱谷

舌尖小旅行

沿著九號公路分節奔馳
花東縱谷山水飽含吐露的沁涼
在你的擁抱中補綴了長長的記憶
隨後味覺會從一座廟開始

老店的肉圓探出粒粒彈滾的驚奇
香酥掉的臭豆腐陪你再勇戰一碗切仔麵
蓮花池畔還有新募的農村小炒
歇業去的紅瓦屋經過時用鼻子遙想它的山地美食
回頭到月眉麗荷園飈一頓蟲蟲大餐

返鄉的伴手禮先讓眼睛品嚐幾遍
花生酥裏有情思濃稠的麥芽糖和海苔
帶一包手工香腸給貪婪的嘴巴它最會嘀咕失去的童年

皇帝米也能把廚房的想望寄在沉甸甸的歸途
關山的ＤＩＹ行程充滿自贖的樂趣

最後敏銳的感覺留到親水公園
舔一口那裏的雁鴨叫聲舌頭麻麻的
目光吞嚥不了滿樹白花花的鸕鶿
有噴泉送來一桌喧嘩的盛餐

向北往南餵過的腸道讓它自然彎曲
把食欲牽回來歸隊
心要駕駛繼續跟餘味纏綿

二分地四季速寫

薄霧輕漫的朝野外聚攏
合力孵育出一個季節的青翠
白鷺鷥用牠的嘴在水田中垂釣
仰首看到天空靦腆的笑容

蟬鳴從一片樹林颩向另一片樹林
燠熱的風裏有唧唧的波浪交錯纏鬥
午後一臺割稻機橫掃贏走滿地的金黃
幾隻麻雀帶著莫名驚嚇僅剩的膽量去賭注
預見豔陽的烤炙自己懶懶的回應

黃葉寂寥的飄離枝頭
紛紛在尋找汪洋想盪出一艘小船
還不到颯颯時節的風吹亂了頂上的彤雲

一對黑鷲飛來巡視牠們的領空
背後拖著半截皺過的航道

北風從兩條山脈間逍遙的穿出
點收第二季的穀子後又給大排大圳分布冷峻
環鎮自行車經過崁頂別忘了放一條線
里壠的主人有滿握的溫暖在等待

一朵雲赴海邀約的行程

半張透明隱身的邀請函
薄薄的啣在那隻紅嘴鳥的口中
牠從遠古給原住民叼去火種傳遞消息後
就不停的往來穿梭當信差
這次是海想見一朵會做夢的雲

紅嘴鳥飛過一座又一座的山
在牠的力氣耗盡前先夢見吃了一點冰雪
醒來已經浮在飄升水氣的頂端
水氣只要離了山谷就蛻變成天上的雲
醞釀許久的夢會跟著飛翔
今天它第一次知道有海的盟約
信使別去牠要尋找另一份差事

白雲像目送情侶輕輕彈了幾滴眼淚
它還得煩惱這趟迢遙的旅程
估量縱谷會有條溪流引路
山脈都採同樣的奔勢目的應該就在前方
只是天空一片晴朗它遲疑了

向下望地面越來越低矮
它無法想像往常那樣摩挲山頂
同伴也都一起逃遁留給它空蕩的想念
正當虛懸的心撞著左邊的峭壁前
夢中的色彩出現了海在招手

從來不曾見識過鉛華
就在都蘭山美人的睡姿上
一叢灰濛的霧扮起撩人的迷戀
有的巴著她的嘴唇有的貼著她的乳房

更多的是緊緊抱住她的下半身
它看傻了瞬間跌入海的懷抱
得到一大落白稠的浪花
海說我跟你來的地方一樣
只不過顏色濃了點
它回答這裏還有韻律的晃動
像母親安設的搖籃
從此海中有雲雲中有海

週末一場春筵

——振源家烤肉記趣

灰濛的天空
籠著綠意蜿蜒上山
閒閒的趕上晚春最後一道冷風

華屋傳出了幾許驚喜
孩童推著爺要迎迓剛沏的熱情
從草坪的這頭漫過那頭
隨生新甜的

火爐跳躍起閃亮的油脂
艷餳兼嘴饞的想到一瓶記憶
裏面有貪歡和酒

主人擺了滿桌的盛意
碗碟中都是黏吃的故事
快語才要爬上眼前那排南洋杉
詩就沐著清涼偕煙遠去了

一罎風花雪月
釀過午後酥味的時間
餘興全給了擂茶香

與春有約

自從蘆雪庵遭劫
大吃大嚼便不是罪
飽飫後都要錦心繡口的賦詩
才子佳人的大觀園沒有你要的門禁
情到了就發
酒尋常物微醺會說話
滴進胸臆催熟午後延平的清歡
新許一份悠閒對山
註記給風隨雲
明年過境的時候放空

一段熟悉的旅程

陽光從緩慢步調的街道悄悄移動
隨著一輛車踅進花東縱谷
雲山蒼茫佔據左右忙亂的視線
等待驚奇只為了一縷還未飄升的輕煙

岑寂的房子已經記不起自己的歷史
點綴在路的兩旁跟大地一起寥落

遍布的釋迦園過去有白鷺鷥飛越水田
帶起澹澹的霧氣穿梭於風中
時間蜿蜒車速蜿蜒一顆心也蜿蜒

泰山大人還在池上候著
閒情早就從探視的行程裏逃逸

眼看老邁淡薄不了漫漫歲月的痕跡
相逢的次數正要排入濃濃的歸期

瑞穗

踅出海岸山脈
荒涼的心情還在起伏
橋泛舟去了
我們揀到一座靈魂
腳從沙礫中走過

泥溫泉

橫渡時空把今生從新包裹起來
一起尋找曾經抹去的記憶
淺池禁止裸躍我輩了
比況需要多一點顏色妝點
星星想入夢
墜落臺階夜涼涼的

逗留糖廠

哈雷一字排開
疲倦到旅人的眼神
冰品僭越製糖的風光歲月以後
都給了兩隻鴛鴦在池中消磨

北北上林田山

循著滷豬腳的香味
來到一座放走工人的山林
伐木的盛況戀人聽不見
蟬叫正在穿越幾百年的歲月
響徹我的空懷

玉的里

掏出一彎縱谷
翠綠的玉紛紛跑來告白
它們要從新安居在藝品店
把搜尋的夢留給漫長

北迴歸線

方碑指向半個虛擬的星球
風在山頭跟它一起徘徊
兩排檳榔相互看住傾斜的路
歸線從此不相北迴

森林遊樂區

被關在山裏的樹
蓊鬱得想逃離
小住後遁去
一併將寧靜架走
前面跫音嵌在回家的苔蘚上
行囊還想滴漏滿滿的蟬聲

東池紀事

潘的店創作在隱密的地方
黃色的記憶裏油菜花才燃燒過
蠶家就把蕭條忍痛寫進歷史
坡邊的渡假屋內有失禁的人影

紅葉村

鹹鹹的一揮棒
球砸在東瀛的屁股上
哇哇的哭嚷說一定要報仇
入口寫著三個字
儘管來

鹿野高臺

擂茶後記得上山
美人不比出水的芙蓉
卻在前方臥成一道屏風
如果跟你雙雙奔飛
降落時不在家
蜻蜓會眼紅

牧場在初鹿

牛羊躲避喧鬧去了
烈陽催趕著啄食的人潮
從一處草坪劫掠到另一處草坪
然後載著冰過的夢離開

原生植物園區

小火鍋冒著蒸騰的氣
吹拂紙紮的生命
拚長壽容許你消費整座園圃
青紫藍紅卻渾然忘了寓目
一隻蝸牛走進一畦昏黃

卷四

織夢南迴線

尋找一條溪

兩度颱風把一條溪搞丟了
剩下的激昂在天空氾濫
滾出粗重的雨
斜打焚焦過的土地
石礫還原不了蜿蜒入山的悸動
我要它潺湲流經眼前

老知本

轉向撿到三十年前的記憶
橋頭賣名產的姑娘羞紅了臉
我們四度光顧只為多餵她一眼
寒風如今還颼著整車的思念

利嘉溪

踩上橋單車就自由了
橫量鳥飛的距離有枯竭的臉
想它出山的姿勢風要曼妙
切近海的胸膛堆石還可以拴牢一季的荒漠
裹脅近午的仍然在黌舍的會議
心留著單車必須焦急前進

街在販賣溫泉

熱度騰滾著白霧
從每一家店門口賣力的啞吼
逗留的旅客煮蛋完成拜訪的儀式
泳衣撿旁邊一字排開
你的游興終點在香湯裏

太麻里

釋迦最南的故鄉
它滿心風光了
還有金針正在攀爬上山
夏天要扮一名遊客

在涼亭看霧

谷底一團霧就要瀰漫上來了
瞬間眼前都是游絲
它灰白的觸手輕撫著樹的全身
山在興奮我的嘴得到高潮

過金崙

又是一個溫泉鄉
蒼白的愛慢點浸泡
望兩眼蒸騰會捎來想念
車還要無謂滑行

大武

輕盪一顆心
前面有剪接的修鍊
車陣還是旋不出舍利子
你要的解脫在莫名的地方
往後沒有退路

南迴幽情

陽光在入口把守
進來的人車都給一把斬妖劍
峭壁站立的可以下來了
你們把劍收去發放通行證
待在懸崖的回家做夢
布好的繩子得牢記綁上彩帶

睏在南迴線

總是在清晨出發
跟自強號賭昨夜凌亂的睡眠
誰先清醒誰去領獎
它一直都不肯禮讓絲毫
狠狠的自個奔向終點

車內稀稀疏疏的靈魂全部陣亡了
沒有人打開耳朵看一看窗外的山海
風在呼嘯白浪破碎於沙灘上
就像自己行走的故事
來來回回的說著它有一天要請求下架

列車長踅過一趟後神隱
廣播枯澀的留給清潔工去代班

她一張嘴詞句就漏風
前後經歷三次頓號才把靠站名念完

大武過了隧道迎來枋寮
回程會一樣蕭索漫長
到高雄還要分散路線找標的
只見臺東在地圖上搶歸屬

想想兩三小時淡淡的旅程
瞌睡斷續的背著前去又馱著回返
不知所措的雙腳開始感到慚愧
它們計畫聯合季節徒步尋覓
那些被跳過去還沒認出的風格小站

卷五

空中飛人蛻變鐵道客

往返北東兩地

飛機朝著夕照的強光奮力的突圍
終於撐開濃密纏疊的雲層
早出的月牙薄薄的浮在藍色的氤氳上
看不到海天的盡處
東臺灣也緊縮成一條迤邐的線
這一趟沒有名義的巡弋
過後還有下一趟

空中飛人

劃一條最短的距離
北東在四十分鐘內完成
不彎折的時間很昂貴
它張開翅膀我從軀體飛翔

空服員低聲詢問
臉上貼著職業的敷衍
一杯水一片紙巾一趟單調的航程
機長連珠炮的廣播
唯恐麥克風跑離它的航線
沒有笑話沒有詩沒有準備贈送的相思

乘客都忘了隨興交談
兩眼從起飛就急切的盼望著陸

回頭是前去最蒼茫的禁忌
守著一顆心膽量自己要懸空

十六年串結的虛驚
像一道幽咽杳冥的細流
穿越晨曦夕照也穿越前世今生

花東南迴線

白鷺鷥飛越鹿野平疇
家隱隱在望
戀棧不為一列車的速度
還要向西借力阻止太早黃昏
路線斜著穿透過山
希望在茫茫的海霧中

車票我的告白

童年口袋窄窄的
裝不了一枚溫熱的銅板
沒錢坐車腳只好逃票
家鄉前面那段鐵道一直要拒收懺悔
只為了我還在跑單幫賺零用

長大外出求學口袋沒有放寬
返家一次肚子得空出好幾餐飯
兌換來的車票對我有滿滿的愧疚
它知道尊嚴已經比挨餓重要
我看到的還是那瘦小倉皇躲避查票的影像

服兵役的時候南北乖隔
口袋僅剩的錢只夠休假坐一趟平快

那張車票陪我煎熬了無數的夜
被震裂的短夢裏外都是蒸汽聲的吶喊
急切的樣子好像要討回什麼

此後三十年口袋羞澀的張開了
中古自用車在工作地和修理廠間穿梭
爾後變成地鐵公車飛機交替接駁
一一把淺淺的存款吸乾
見底現出的依然有少小在火車上張望的臉孔

現今職場離我遠去了
窮困卻留在東臺灣繼續漂泊
長程車票開往的是一個沒有起訖點的國度
虧欠連結到童年我的清償不會打烊
在列車奮進中一定有詩誌隨行

車廂風景

一列火車啣著朝日出發
外面天空很藍山很綠
車內還有迷途的霧氣不肯離去
乘客惺忪的睡眼開了又闔

火車才在奮力衝刺
我鄰座的男子已經悠然的夢到了周公
汽缸噪動的聲響把他的打鼾聲震成粉末
突然聽見廣播他醒來急著撿拾剩餘的碎片
環顧周遭沒人反對又呼呼睡去了

圓拱型的間隔堵在眼前
讓車廂保有不想通暢的隱私
一群棒球小將從邊陲準備去包圍中心

在走道奔跑提早抓取勝利的獎盃

隨車小姐兜售完飲料又賣便當
她秀麗的臉頰塗了一層厚土
想像親她都不知道要選擇那一塊
還是棒球小將精靈
買過口香糖再問東問西
為了黏她乾脆離開座位幫忙推車

前頭那位胸部挺拔的女郎
如廁一次總要猛甩長髮飄香
看著她的背影感覺車子搖晃升高了三級
另有兩個小女生同樣來來回回
她們頂上的辮子將大家的視線擺盪得像一艘船
嘴裏還不忘連續噴出尖銳的笛鳴

最慢起身溺尿的老先生
一個趑趄差點撞到了兩百歲
窗外景物自動倒退彷彿在為他歡呼
終點臺北站我的遊興有三分昏濛
看一眼腕錶剛好正午偷跑一刻

娃娃在長途列車上

臺北發車後
沉澱的黑暗向兩邊退去
沒有歡悅的臉色

一對夫妻訕訕的不說話
他們的小男孩已經站上座位扭動身體
幾番勸告不成索性假裝睡著

小男孩得空在旁邊無人的位子爬來爬去
嘴巴哼哼啊啊吟唱著從幼稚園學到的歌曲
他的爸爸無奈醒來翻閱雜誌沒看一眼
隔著走道他的媽媽乘機去搶奪他撥弄的東西
抗議聲在喉內轉了一圈後迸發

整車的人都努力想要進入夢鄉
試著忘掉太慢飛馳的光陰
興奮還在最遠端的地方等待
沒有人可以早一刻擁抱
我全身的細胞都跳盪著小男孩的影子
駭怕他碰撞的聲音沖積成一場災難
兩眼閉了隨即又睜開只因為他急竄來我臉龐擾眠
連續五個鐘頭只暗自驚悸一個不安靈魂的增長

終點站臺東到了
我走在前面爭吸一口蔚藍的長空
背後傳來小男孩被打哭聲震天

跟火車比食量

每一趟晃掉的時間
都足夠給胃進貢一個便當
安穩的消化於全程裏
到站我離去讓車空腹喊飢餓

便當裏面的米粒數不盡
鐵定贏過車廂內黑壓壓的人頭
還有排骨魯味時蔬等陽春的配菜飄香
它卻只叫了一味乾枯的行李
想著我就從腳底興奮起來

食物即將通過纖纖腸道
在迴轉中享受最鮮嫩的撫慰
車只能把吞進去的東西震盪於直衝停頓中

我的快感不必靠廣播也能自己證明

美女走過來胃口會睜大
它沒有福分我的知覺全都錄了
這將會有一頁傳奇鐫在乘坐的時空
你說的醜男和他不受調教的鼾聲
我當那是可有可無的附餐
車則要被人綿長的嫌惡

進頁到胃的便當
可以掩蓋北東來回拋棄又拾起的次數
最後食量還得意的發現
我比火車能吃

這一節車廂客滿

臺北出發還是熱的
然後慢慢冷卻
窗外的影像跑進來
垂釣朦朧的眼皮
才勾住又隆重的被它闔上

直達宜蘭站時間忘記流動
旅客擠不進這節車廂
沒人醒來餵一眼飽脹的顛晃
夢鑽入隧道出來變成一片汪洋
沉默還在滑行

花蓮薯搶先嗅到商機
鈔票卻來不及跟它的甜香覿面

放走兩個空位補上一家老小
每張嘴巴都在挑逗午後的悠閒
終於叫醒了整車的喧嘩

那幾個放膽拚場的香港仔
把外面的藍天比劃指點了無數回
兩眼好像吃到魚翅宴配菜是高分貝的廣東話
旁邊難得翻身一次的包裹
獻出它們的零嘴從前座咔嗞到後座

草莓族早已復原跟手機螢幕連上線
他們點閱自拍換位觸碰旅途
讓還在興奮的東海岸美景跳進又跳出
震得鄰座恍惚打盹的老婦人耳朵著急的想去解放
玻璃窗上貼滿心思過度騷動的印象

車繼續唱名
壽豐光復瑞穗玉里沒人點播
那一家老小自行靠站離去
座位過了富里池上關山還有餘響在跌盪
我回程的興致一路失溫到終點臺東

卷六

情繫兩座島嶼

我看見了綠島

漫天鋪蓋的灰白的雲霧
經過陽光的低吻後
正在吃力的浮出綠島憔悴的秋容

呼喚姑娘的小夜曲還沒有唱到盡頭
就被墨藍的海水蕩漾得四處散落

我站在空曠無際的海岸
細數兩邊世紀初失聲的淒涼

不同的島一樣的命運
還需要雨水來沖洗泛黃的記憶

在七里坡發現蘭嶼

時間一寸一寸的倒著走
偶爾停在前世遺忘的夢境上
一起驚奇半場未完的盟約

你靜靜的撿拾藍染的記憶殘粒
投擲在杯裏深黃的海洋

她意鷹出岫的細數新裁的故事
裝進群山的笑靨又翻晒給午後的豔陽

剩下我狂放品味輕巧的話語過了千百遍
失控的靈感才找回散去的速度

最後清醒進來總結一個句號

看看有沒有事件要讓歷史作見證
才一抬頭側望
蜻蜓舞動了滿天微雕的黃昏
突然有人歡呼貼近
淺淺蹲著的蘭嶼正從腳下悄悄的向遠方延伸出場

＊寫於跟靜文、意爭初聚於七里坡餐飲店後。

綠島行

兩度都靠嘔吐航向它
上了島腳還在暈眩
詩寫到朝日溫泉被人潮劫去
睡美人不想觀音洞給過期的貞操
騎車經綠洲山莊消費囚犯的家
冰獄正在為人權紀念碑題簽

蘭嶼地圖

飛魚環著島奔躍
舢舨船划出一年的心願
傳說都會有這樣結實的季節
今天只在攤平的彩繪上
看見外來宗教攻佔的版圖

六人行

一疋墨藍的絲絨
載著波動的凱旋二號
航向綠島

海岸在迤邐的白花中遠去
鹹鹹的雨絲斜打過來　辣了
嘴唇的感覺
滋味是一望無際的蒼茫

前方還沒有解除疾行
半片青天撥開雲層透出
暈眩無法跟它對眼
甲板早已被我們站成一團凌亂
紛紛在尋找靠岸的心情

下了船
星月屋的主人帶著烈陽來迎接
回望來時的地方給霧濕去
變成今天陌生的國度
記憶都給了將軍岩

人權紀念碑上鐫著
被囚禁過母親的哭泣
兩個名字四條淚痕
長長的迴聲懸在地城
讓無言留下來憑弔

婀娜的帆影經過一車的周旋
風光已經飽覽閒閒的
午後一場豪雨啣走了浮潛的欲望

客來客去的喧嘩穿空
等待黃昏跟朝日溫泉相會

在綠洲山莊遇見兩名老囚犯
他們來巡禮自己的故事
詩人吟詩藝術家彩繪
都解渴不到那段漫長監禁的歷史
蠟綠了門前兩棵虯結的榕樹

敏捷的車爬山路
驚奇雲天的彩虹相倚
隨後觀音洞頂禮的心如玉
腳下稠稠的海潮像文繡一路環繞
放走風寧謐撿到柚子湖的熔岩

睡美人懷孕了

哈巴狗的守護更加惆悵
賣給小長城一分權力
我們要去石朗看奢華的夕陽
晚上在溫泉區呼喚月亮

冰獄冰店那副嵌字聯
題的是六個人這一趟無比星光的旅程

＊寫於與惠敏、怡帆、麗娜、明玉、靜文同遊綠島旅次。

卷七

給你一二三四五六七行

最新故事

夏天做的夢很棉花糖

偶遇

在太平溪口看到海
突然心寬了兩個肩膀

超過一季的書寫

半折節
向夜挑戰文字的星河
長空得到了雷鳴

海濱公園

獨步一條路
詩分段給它鍛鑄風景
從太平溪口勃發到寶桑亭
單車牽在手上胡亂見證

琵琶湖

木麻黃學著搖出松風
讓兩只玉盤驚成一身寶藍
遠處濤聲像大小珠滾落
忽然一片黃葉剝離
岑寂的水面著急得忘了矜持

大巴六九

選擇一座還想眺望娑婆世界的山
主人的命名超出試題的規格
眼前藥膳一盤一盤的歡聚
嘴跟著擺滿長桌
心饞饞的
有人在吹不搭調的薩克斯風

守候東臺灣

衣著光鮮的遊客
請遺忘還有一個鳴鳥和彩蝶的故鄉
你們的家在通往塵囂的路上
這裏不需被記憶也不要被記憶
剩下我無所謂歸去也無所謂前來
就像波濤拍擊海岸的緣會
僅以一點回音守著守著還未流逝的歲月

再遇東北季風

蘭嶼和綠島都蒙在灰夢裏忘了飄動

東行

喚醒太陽的力氣早就給了波動的海洋
我撿起一顆扁平的鵝卵石

流星雨

飄過闃黑的宇宙
終於找到了光
淚把感激寫在天邊

小野柳豆腐岩

撥開密布的林投樹
稀奇中看見海岸笑了
它計畫走出淺灘
風景區管事豎牌警告叛逃

東行客

命運的跡線劃經此地
上庠騰出一個空地
我用著逑駐留
東海濕黏的迴影
都織進了鯉魚山長長的牽掛裏

飆車

時速四十還嫌少
兩腳踩到膝蓋快要繃緊爆裂
跑課堂趕搭飛機
管它是吞風還是吐雨
白頭翁升格成了臺東一景
我的單車是忙碌的

生存恐懼症

哀號細細切割地震的邊緣
塌陷的山丘上是否還種植去年的果樹
沒有橫掃過颱風眼的家園哭了
今生將要依靠什麼來挺立
不用對抗潛伏的污染
你我的輻射正一點一滴的離開舞臺
後面的鬼魅剛接獲半張的集結令

早春

兩隻蜻蜓輕盈地飛過一床灰撲撲的牛背

及時雨

乾涸的土地要呼吸
菅芒都豎起長管借它搏命演出

講壇

三十年喧呶
連一覺都沒來掀牌
清清如水

原始部落

鞦韆甩出稚嫩的年歲
歌舞裏有冷盤精選的原味
石板烤魚香噴在舌頭上
野菜濃淡都不再計較

卑南有大溪

沙渚連亙這頭那頭
東北季風揚起它溫剩的眠床
漫天飛舞失速的噩夢
前進吃驚的街道
光溜溜完成一座砂城的傳說

富岡

它是吃魚的故鄉
深巷有兩家對峙生意
美娥總匯多了一些流客
藍色的愛情海不跟人家搶海鮮
守著一片汪洋聽歌
飽足後又有新欲從心底騷動起來

邊地發聲

這將是一場艱苦的戰鬥
沒有地盤沒有槍沒有奧援
街上華燈滅後小城隨即埋下一片闃寂
我對著空曠大地喊不出聲音
只好以著作堆積東臺灣的高度
散發為冽冽的流彈語言
且看天邊的群星如何再不停止挑釁

卷八

還來說後山

焚風

剛開始天空
只是多了一些烤紅的雲
然後都蘭山下就翻起熱浪
一波一波的衝向每戶人家的窗口

我們用冰剩的夏天跟它搏鬥
結果驚嚇到所有的電源開關
一個一個攤軟成期待援手的救護軍
都忘了陣亡

現在地上已經有燒焦的味道
一陣一陣的掀動我們失靈的鼻翼
如果還看得到枝頭上鳥兒隱遁的影子
就不可以在這個時候狂說自己的英雄事蹟

那邊慢出場的雨和蜻蜓請問
是否準備要接收一顆滾燙圓不了的記憶

東狗吠雷

今年夏天第一道響雷
震開了乾癟的雲氣

天空開始哭了
那興奮的淚水傾洩在焚焦的土地上
換來一條河連聲的歡呼

看著急竄的閃電
四處欽點被雷聲驚爆的汽車防盜鈴
我一隻剛嚇醒的臺灣邊陲的狗
到底要幹什麼才能計算出
剎那間活著的長度

哦對了

我要像蜀犬吠日一樣
面向還在轟隆轟隆的地方瘋狂的叫它幾聲

我坐在東海岸上

車開不開都無所謂
我已經決定了
路的一邊是海的一邊是山的
中間沒有人要的全歸我
小野柳的豆腐不要笑
我坐一下也不會妨礙風化
還有都蘭的河水小心爬累了跌下來
你不看看東河的吊橋是怎麼斷的
再過去聽說有個漁港最喜歡誇耀了
一天到晚都要人家叫他成功
我看只有三仙臺和石雨傘最無辜了
一個自從留不住仙人的鞋印後便換來一座拱橋的詛咒
一個還沒有嚐到愛情的滋味就在苦撐一季又一季的烈陽和冷雨

呵呵我這樣一坐就到了大港口
轉眼石梯坪也將要送給我沁涼的海風
遊客們都別進來打擾
我要靜靜的看姑娘孵夢

獨木舟

再燒一次
我還是一隻獨木舟

史前博物館那場火災後
每天傍晚都會傳出這樣的聲音
雅美族的勇士
走過來俯視焦黑的屍體說
我們會讓你復活的
從此史前博物館的長廊上
多出了幾陣狂笑

如果不再燒一次
我還會是一隻獨木舟嗎

河邊風光

微風輕輕的挑起河邊的花香
蜻蜓追著蜻蜓蝴蝶牽著蝴蝶
四隻白鷺鷥圍在一頭水牛的身旁

青菜好吃吧
不錯哦你想試試嗎

河邊的花香捲起輕輕的微風
蝴蝶拍著蜻蜓蜻蜓吻著蝴蝶
一頭水牛的身旁還是站著四隻白鷺鷥

你要加點調味料嗎
啊你們有什麼呢

鹽巴味精醬油統統加上去了
最後一隻吐不出東西的白鷺鷥叼來一條蟲
　看吧我給你添了一點肉絲
　啊不好啦我破戒了

水牛慘叫一聲
然後向遠處跑去
又有一陣風輕輕的吹起河邊的花香

海濱公園之夜

——甲師資庚班的朋友娛樂記事

天黑海黑路嘛黑
只有咱們的心是光仔

風吹袂散這款溫暖的感覺
今晚的世界真真正正是咱們的

不免辯解
也不免逃避
講話講呼伊天崩地裂
嘛無人也凍阻止

歡喜歡喜甲月娘強要偷走出來相看
才知咱們的緣份不比海淺

你講還擱欠什麼
一箱酒擱五十條歌

伊轉身過來對我笑

——在東部幹線上

一個老母帶兩個囝仔
坐在我頭前
火車開嘍
查甫的顧看窗外的白鷺鷥
查某的甲我迷孤家
伊大大的目睭甲白白的嘴齒
像秋月春花給人疼惜
笑著擱笑著
干那要叫我等伊二十年同款
老實講真久不曾有這種艷遇啦

尚蓋水的一次

——為臺東師院語教系第二屆語文之夜而作

那一晚　舞臺上
好看的面容伴著美麗的講話聲
有人跳舞
有人念歌詩
有人演戲
月琴彈出哭調仔的哀怨了
青衣甲花旦出來接受博仔聲
古典的有滋味
現代的真笑虧
大人歡喜親像撿到黃金
囝仔在做夢嘛知這有夠精彩
今後咱語教系的人才耶使出租嘍

癡迷的人甲造化的樂

——聽臺東師院音教系絃樂演奏會有感

一句特大腹的招呼聲
將我按迷夢中打醒
趕緊走過來看嘜
才知今晚有一桌澎湃的音樂大餐
紳士人用曼妙的指揮棒
引出了給人精神起舞的絃樂曲
連樹仔頂的蟬隻嘛會曉加減鬥鬧熱
由半場開始哼甲散場
這邊水姑娘認真耶落去
有時四季紅有時西北雨直直落
翻過來是月夜愁兼雨中鳥
臺灣的春夏秋冬在個的巧手中變化多端
兩聲安可後擱強要滾幾粒仔肉粽出來

不要甲個一陣人說惜別

咱在好樂迪

阿敏講今晚的約會馬呼伊開花
一朵真正有笑容的歌就按呢飛了
鐵花路甲中華路的三角縫仔站著一間
消磨時間製造快樂的店
旋律是沾著酒香的古早味和現代秀
達仔開唱的少年氣有老伙仔的醇
加減青春就留呼銘仔
伊擱會曉起乩請小姐賞光吃點心
阿慧一首半老不老的歌已經迷佇你我
想要用擱卡古典的純情甲伊親熱
過來有阿萍和阿珍頻頻噢出咱童子的淒迷
膾通返去會遇到失落的驚嚇
微微的笑意是阿敏送的
這段故事大家要好好保守像祕密同款

屏東來的阿娟攏愛唱尚青的
只有楨少年一出場就叩家後賺人目屎
半途送來兩粒星
阿蓉的花影和阿芳的勁舞
個呼阮歡喜甲強要拚出去透氣兼饡神
最後一齣雞蛋糕的戲
將咱的緣分結來作尚甜蜜的約束
明年恁畢業阮請同所在唱歌
就按呢決定

2008的戀曲

——給緣聚臺東二載即將揚帆的朋友們

這個熱天有真濟趣味的代誌
時間生腳擱兼掛鏈
蟬隻從樹仔頂哼甲樹仔腳
給咱追甲鼻裴喘
一粒風颱嘛無來攪擾佇咱寫作爬天的心情
北部南部西部東部都有新鮮的故事
佇這搬演甲收入記憶
尚介鬧熱的還擱有澎湖來的風
吹呼咱胸前大開透心脾
念歌詩會駛牽出古早的時代
那準是不是有放𫝛掉的緣分遷甲現在
咱攏不知也無法度檢查歷史
只愛這站的活陪佇那兩欉苦楝樹

隨阮的懷念久長別沉落去
有一天恁兜返來呼這閃閃放光
就知影仔咱的感情真正是世界尚深的

二分地的愛情收成
——祝賀慶昌春霞新婚

故事自一欉芭仔樹開始
伊給我刻真濟陀螺置土腳轉仔轉
民俗遊藝的趣味還擱佔教室升高溫度
個就會結婚了
一個緣投一個賢淑
換我做詩來參加個的婚ＰＡ
心情嘛是啊有陀螺置轉的輕鬆甲快樂

進前大家有去好樂迪練過歌
新娘先唱家後甲月亮代表我的心
阮希望今夜伊和新郎要合歌雙人枕頭
天頂的星攏會來祝福
個是真呼人羨慕的一對

時間擱帶倒轉
十外年前就甲春霞識使
倫理學課兒童文學課攏有伊的形影
伊嘛比別人卡打拚先找到教書的頭路
現在伊擱轉來語教所努力作研究
大家逗陣攏有伊的笑容呼咱加添溫暖甲福氣
如今又擱遇到真正相愛的慶昌
這段日子就甘那開花的春天香甲藏未條

實在講這款感覺沒地找
只好借今晚全光的燈火為個兩人畫一個大大的圓圈
祝個的婚姻永永遠遠美滿幸福

緣還在流動

——給九七級日碩班的夥伴

炎夏又催熟了東海岸的艷陽
細細數過楓葉再數白雲
牽掛的是那鳳凰花還沒有全開
蟬鳴當心在棲遲一場早定的盟約
好樂迪的歡唱聲裏
有我午後不捨的熟悉的身影

欣喜樹的茁壯備分是心怡
美麗島飛來一片南國的祥雲
振動了詩的豪興歌要去尋找水源
韻多彈跳古今准你追比爾雅
君不見卑南溪畔有雄豪
月光下旅行很文學夾帶梔子花香

詩沉甕底釀出一抹晨昀
瑞現東方中氣安住會加給遐齡
玨玉瑷瑷後藍田已經長青
佳人自渡飛上枝頭絢了芙蓉
蕙風到處飲食渴望眾生在終結芸芸
靜心飄洋歸來插花最安怡

邁不開那一步黏著的離別
驚喜贈我的腳踏車裏有濃濃的情意
踩上路往事在心疼
乍回頭綻放的容顏重來眼前躑躅
期期存願你們
揚帆時無風也無雨

共吟一家香濃

——給九八級暑碩班的夥伴

兩度暑天都在補聽
窗外蟬噪的高亢
有人走過知識快速颺漲的國度
驚奇許多來到的奔躍的靈魂
一起譜出共乘的方舟
在迎接陽光中給你不必賒賬的未來航向

清晨的露滴有陳釀的思維
芳槿携來了四季的紅艷看汝
怡人的故事漫爬上枝頭最相沁
子思繼業遙想開出一串歷史的美媛
益世的書來不及記載全託付給裝詩的山
欽點天使的羽翼扶搖到了神的領地要問娸

惠賜滿車的福分有蝶戀成群
獻身非人的採訪然後蒸發的證照會增加
秀一場來自森林的舞蹈釋放撿拾標點的學子
慧了策略在閱讀場域流動中有明玲
玉悠閒地昭亮藍田換來澄澄環帶的真玫
吟向敻遠編織一張說故事的網卜算說可禎
欣遇詩質電影的掙扎後援手給出多玫
麗日翻過中央山脈在東海岸停留尋找一把古琴
振落了成堆的音符說要去祝福年豐
淑妝改變雕飾氣派依然數絕佳
璦出美名煥發一輪朝陽產地還有新玲
彩麗文字精繪的版圖橫貫著年年滋長的長虹
心繫後主的憂愁通感意象從詞裏浮現教你仔細鐫銘
紹述聽過傳奇的耳朵前進路上有聲音在感恩
銘刻一段後設相思贏來千里外的心儀迭代想要共嬋娟
秋實甜美如佳釀嚐了記得去賞花菫

桂氣穿透薄薄的數字轉身提攜半度的飄萍
輝光走動驚嚇到整山金針將認證閱讀寄託回程
惠予原味啟蒙開啟新紀元成就了一顆夜明珠

綠島在遠方呼喚蘭嶼
藍了二十五份備齊的心情向天
鯉魚山還沒有謄出我們嚮往徜徉的采邑
准許場內場外共吟古往來今潺潺的詩
一家人都卯上了開出逐漸升溫的舞臺列車
謝幕後端起掌聲有咖啡的香濃

樂翻一個無須月亮的夜

——語教所夥伴煨熟的周某慶生會

當問題秀完以後
一段錄影藏了二十餘個倩影
溫馨迴盪在語教大樓
天蠍男忘掉的日子
赧然的從歷史被召喚回來
他沉醉了一如極地初逢的新雨

雅致永遠要給天音
朝東已經光耀到了文字書藝會長茂
晏餘的情緒特好配穿齊綾
詩結了同心圓給出恩惠
依戀已遍最想彈錚
裴回飛渡露尖有成千的麗翎

宏圖展衍看見了俊傑
尚方寶劍不輕易許諾過期的福祐
瑞象輻輳全家都得到榮昌
評定等第最後勝名通向大凱
文昌君拴著朝日前來報效端正

梅果熟了雨露集體歡欣
若是春去秋來私攢的季節適合廣涵
綺美的福報連環
文事添一筆財運如榛
春陽孵熱了天邊會說故事的彩霞
秉你幾寸相思都嚐著甘霖
子時後的戲碼不計較柔還剛
柏樹在庭前終於結識流浪千年的杜甫
美顏明艷一整個越南的雲

韻華悄悄的爬上心頭連聲說雅
瑞氣從東海祝椴翻出久久還在苕齡
詩化的心天天穿越祥綻的昀
玨分享出玉塔羅常青
月影漫上了花叢有餘香
盈揀半途送來早發的晞如
偉岸比長過路途競爭新的豪雄
郁郁文采煲著來年一起促膝品茗
玉在底基開放一盆不凋的蘭

去年廿五今年減輕變十八
白髮消磨的歲月停格了
兩場舞蹈配上黏心的不哈歌
聯匾禮物接手無限的感念
開懷是今夜最長的記憶
驚訝都在包圍的祝福詞裏

感念之外

——致王萬象教授和簡齊儒教授

都是第一次
相遇就接續前世的盟約
在踐履的儀式中驚詫親善
沒有牌局的險巇
只為了承諾

承諾年年的淨心
忘情於東海岸的山巔水湄
跟隨季風的游牧路線
書寫一頁雲的傳奇
淡泊今生

今生快了追逐情緣的節拍

奔波窮困後欣見
舒緩的旋律
已然輕盪在邊地花香的徜徉裏
陶醉可以抵償有心的回饋

回饋你們百般的愛護
遺憾只剩一顆歷險江湖的餘悸
他們都在爭奪別人的痛楚
把希望寄託過去
得意的搶先站上擁擠的舞臺

舞臺需要黯然的身影自己落幕
翩翩無法帶著出場
前面有遼闊的蒼茫在等待
返身眺望是未來最深的顧念
第一次再約定

臺東的陽光依然燦爛

——兼致董恕明教授

元宵的歡騰才剛減分
離愁就在旅人的眉宇間高升
東北季風停了
一輪明月從金澤到黃昏
這裏的夜又悄然無聲

來了又去的記憶
總是還沒收藏就在夢中褪色
東海岸有雲可以築巢
愁緒卻要擔心那裏去歇腳尋長
走幾步前方的路已經疲軟

昨天的心情還是淒濛的

看到長者告別全家人去仙境
東方的神靈一樣忍不住掩面哭泣
沒有回程能夠承諾
遠行就成了今生最後的歸宿

活著也許是在迷戀一個儀式
百年設定它的終程
東向風光的人准許提早離席
淡淡遲遲的名聲
遇到冰雪很快就會凋萎

無常編撰的故事內有糖味
喃喃黏甜的乘一縷輕煙飄飛
東來客居已經結識了蹇困
擡頭望去一片晴空
臺東的陽光依然燦爛

附錄

作者著作一覽表

一、論著

1.《詩話摘句批評研究》，臺北：文史哲，1993。
2.《秩序的探索——當代文學論述的省察》，臺北：東大，1994。
3.《文學圖繪》，臺北：東大，1996。
4.《臺灣當代文學理論》，臺北：揚智，1996。
5.《佛學新視野》，臺北：東大，1997。
6.《臺灣文學與「臺灣文學」》，臺北：生智，1997。
7.《語言文化學》，臺北：生智，1997。
8.《兒童文學新論》，臺北：生智，1998。
9.《新時代的宗教》，臺北：揚智，1999。
10.《佛教與文學的系譜》，臺北：里仁，1999。
11.《思維與寫作》，臺北：五南，1999。
12.《中國符號學》，臺北：揚智，2000。
13.《文苑馳走》，臺北：文史哲，2000。
14.《作文指導》，臺北：五南，2001。

15.《後宗教學》，臺北：五南，2001。
16.《故事學》，臺北：五南，2002。
17.《死亡學》，臺北：五南，2002。
18.《閱讀社會學》，臺北：揚智，2003。
19.《文學理論》，臺北：五南，2004。
20.《語文研究法》，臺北：洪葉，2004。
21.《創造性寫作教學》，臺北：萬卷樓，2004。
22.《後佛學》，臺北：里仁，2004。
23.《後臺灣文學》，臺北：秀威，2004。
24.《身體權力學》，臺北：弘智，2005。
25.《靈異學》，臺北：洪葉，2006。
26.《語用符號學》，臺北：唐山，2006。
27.《紅樓搖夢》，臺北：里仁，2007。
28.《語文教學方法》，臺北：里仁，2007。
29.《走訪哲學後花園》，臺北：三民，2007。
30.《佛教的文化事業——佛光山個案探討》，臺北：秀威，2007。

31. 《轉傳統為開新——另眼看待漢文化》，臺北：秀威，２００８。
32. 《從通識教育到語文教育》，臺北：秀威，２００８。
33. 《文學詮釋學》，臺北：里仁，２００９。
34. 《反全球化的新語境》，臺北：秀威，２０１０。
35. 《文學概論》，新北：揚智，２０１１。
36. 《語文符號學》，上海：東方，２０１１。
37. 《生態災難與靈療》，臺北：五南，２０１１。
38. 《華語文教學方法論》，臺北：新學林，２０１１。
39. 《文化治療》，臺北：五南，２０１２。
40. 《華語文文化教學》，新北：揚智，２０１２。
41. 《文學經理學》，臺北：五南，２０１６。
42. 《文學動起來——一個應時文創的新藍圖》，臺北：秀威，２０１７。
43. 《解脫的智慧》，臺北：華志，２０１７。

二、詩集

1. 《蕪情》，臺北：詩之華，１９９８。

2.《七行詩》，臺北：文史哲，2001。

3.《未來世界》，臺北：文史哲，2002。

4.《我沒有話要說——給成人看的童詩》，臺北：秀威，2007。

5.《又有詩》，臺北：秀威，2007。

6.《又見東北季風》，臺北：秀威，2007。

7.《剪出一段旅程》，臺北：秀威，2008。

8.《新福爾摩沙組詩》，臺北：秀威，2009。

9.《銀色小調》，臺北：秀威，2010。

10.《飛越抒情帶》，臺北：秀威，2011。

11.《游牧路線——東海岸愛戀赤字的旅行》，臺北：秀威，2012。

12.《意象跟你去遨遊》，臺北：秀威，2012。

13.《流動偵測站——列車上的吟詩旅人》，臺北：秀威，2016。

14.《詩後三千年》，臺北：秀威，2017。

15.《重組東海岸》，臺北：秀威，2018。

三、散文小說合集

1.《追夜》，臺北：文史哲，1999。

四、傳記

1.《走上學術這條不歸路》，新北：生智，2016。

五、雜文集

1.《微雕人文——歷世與渡化未來的旅程》，臺北：秀威，2013。

六、編撰

1.《幽夢影導讀》，臺北：金楓，1990。

2.《舌頭上的蓮花與劍——全方位經營大志典：言辭卷》，臺北：大人物，1994。

七、合著

1.《中國文學與美學》（與余崇生、高秋鳳、陳弘治、張素貞、黃瑞枝、楊振良、蔡宗陽、劉明宗、鍾屏蘭等合著），臺北：五南，2000。

2.《臺灣文學》（與林文寶、林素玟、林淑貞、張堂錡、陳信元等合著），臺北：萬卷樓，2001。

3.《閱讀文學經典》（與王萬象、董恕明等合著），臺北：五南，2004。

4.《新詩寫作》（與王萬象、許文獻、簡齊儒、董恕明、須文蔚等合著），臺北：秀威，2009。